파란방 육아일기

파란방 육아일기 Part 1

발 행 | 2022년 11월 16일

저 자 | 블루챔버

펴낸이 | 한건희

펴낸곳 | 주식회사 부크크

출판사등록 | 2014.07.15.(제2014-16호)

주 소 | 서울특별시 금천구 가산디지털1로 119 SK트윈타워 A동 305호

전 화 | 1670-8316

이메일 | info@bookk.co.kr

ISBN | 979-11-410-0142-1

www.bookk.co.kr

등장인물

엄마
찡이
86년 호랑이띠

아빠
소남이
85년 소띠

딸
슉슉이
16년 붉은 원숭이띠

날것의 아름다움

시작은 단순했다. 직장을 그만두고 첫째를 임신하면서 쉬는 동안 그림을 그리라고 남편이 사준 아이패드와 애플 펜슬. 당시에는 태교를 핑계 삼아 우쿨렐레도 배우고, 오카리나도 배우고, 손바느질로 인형도 만들던 때라서 그림일기는 새로운 취미생활의 연장선 정도였다. 심심하니까 그림이나 그려보자, 하는.

그런데 그렇게 시작한 그림일기를 어느새 7년째 그리고 있다. 감사하게도 이 일기 안에 첫째의 탄생과 발달부터 둘째의 탄생과 발달까지 그 순간순간의 기쁨과 슬픔, 두려움, 걱정과 고민들이 모두 고스란히 담겨 있다. 날 것 그대로.

그리기 귀찮아서 대충 그리는 날도 있었고, 눈물을 펑펑 쏟으며 아이패드 액정을 닦아가며 그리는 날도 있었다. 아이를 재운 밤에 옆에 엎드려 한 손으론 아이를 토닥이며 다른 한 손으로 그리던 날도 있었다. 그림을 보면 그때 나의 모습들-나만 아는 그 순간의 내 모습-이 오버랩되기도 한다.

그래서 처음의 그림 그 상태 그대로 이 책에 담기로 결정했다. 초창기 그림체는 엉성하고 정리도 안되어있고 엉망진창이지만, 이 날 것 그대로의 그림에 담긴 그 시간들이 나에게는 선명하게 보인다. 한 장 한 장에 담긴 그때의 나를 직면할 수 있는 이 날것의 그림들을 이제는 책에 소중히 담아보려 한다.

차례

2016

첫째 슉슉이의 탄생

슉슉, 샥샥! 연애시절 남편과 말버릇처럼 자주 사용하던 추임새로 태명을 지었다. 다소 장난스러운 태명이었는데, 이렇게 오래도록 그림일기에 등장할 이름이 될 줄이야! 슉슉 잘 나와라~ 하는 느낌으로 지은 슉슉이는 이름과는 반대로 이틀의 진통 끝에 고생이란 고생은 다 하고 결국 제왕절개로 세상에 나왔다.

10월 4일에 유도 분만으로 들어가서 1004(천사)가 생일인 아이로 나오길 바랐지만, 역시나 출산은 내 마음처럼 되는 게 아니었다.

그러나 이때의 난 몰랐다. 낳고 나선 더 내 마음대로 되질 않는다는 걸 말이다.

요즘 앉는 자세 20160822

산전마사지 20160823

잘 때 얄미워 20160825

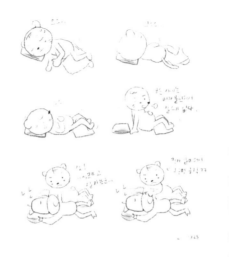

바디필로우 20160902

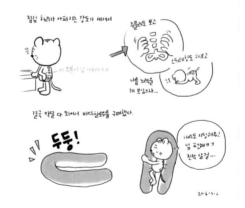

임신 막달 20160905

놀라운 38주차 20160911

예정일 D-9 20160916

배야 내려와라 20160920

더웠다가 추웠다가 20160921

오늘이 예정일인데 20160925

가을비 20160927

가을비가 촉촉히 내려서 공기를 적시고
좋아하는 음악과 함께 디카페인 커피 한잔,
이런 여유로움을 느끼고 있자니...
아기가 좀더 있다가 나와도 괜찮다는 생각이 살짝스멀;
숙숙아, 너 나오고 싶을때 나오렴 (서두를 거 없다)
                    2016.09.27 40주 3일차

불안해 20160929

예정일이 지나고 나니 문득문득 태동이 없으면 불안하다.
                    2016.09.29

유도분만 전날 20161003

슉슉이를 만난 날 20161005

출산 후 산부인과 루틴 20161007

슉슉이에게 느껴지는 아버님의 향기 20161008

널 얻은 대가 20161010

수유실 풍경 20161020

조리원에서의 아침 7시 20161021

엄마되기 적응 중 20161025

아기의 능력 20161031

둘에서 셋으로 20161101

태열 20161102

생후 30일 20161104

티라미수 한 번 먹기 힘드네 20161115

수면교육 시도 20161116

포춘쿠키 까는 기분 20161118

웃픈 순간들 20161119

요즘 즐겨하는 자세 20161121

가을 끝 20161123

육아 꿀템 20161125

아기 손톱 자르기 20161128

생후 60일차 20161204

동요 주크박스 20161211

예방접종 가는 날 20161213

수유를 하다보면 20161214

요즘 많이 하는 상상 20161220

악령 퇴치 20161222

남편 퇴근 후 20161223

2016년의 마지막 날 20161231

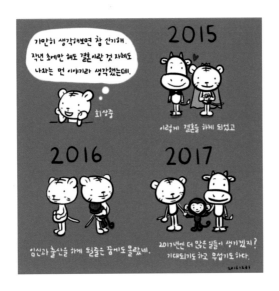

2017

둘에서 셋, 이제는 당연한 숫자

어느새 슉슉이와의 일상이 자연스럽다. 아침에 앵~하고 우는 소리가 모닝콜을 대신하고, 두어번의 낮잠을 재우고, 시간에 맞춰 분유와 이유식을 먹는 하루하루가 당연한 나날들로 자리잡은 것이다. 달콤한 신혼집에 이렇게 향긋한 아기냄새가 가득차게 되다니!

누군가를 키워본 적도 없고, 모든 것이 다 처음인 경험들 투성이라 힘들고 고단하기도 했다. 하지만 힘들다 말하면서도 아이가 태어나서 커가는 성장 과정을 이렇게나 가까이에서 볼 수 있는 건 어쩌면 행운인지도 모르겠다고 생각했다.

생명의 탄생과 성장 과정은 이렇게나 놀라운 것이었구나.

둘에서 셋, 나는 점차 빠르게 엄마로서의 삶에 적응해나갔다.

슉슉이의 뒤집기 20170104

난감한 순간 20170105

비슷한 냄새 20170110

머리카락이 많이 빠진다 20170112

100일이 지난 뒤 일상 20170119

육아가 힘든 이유 20170202

갑자기 낯가림 20170203

모로반사 20170203

첫 유모차 구입 20170204

오늘은 베페에서 가서 유모차를 샀다.

주황공주 20170207

요즘의 슉슉이 20170210

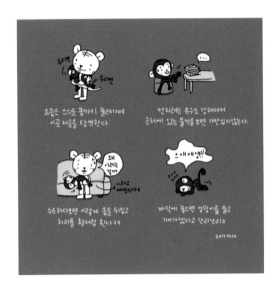

옹알이 20170213

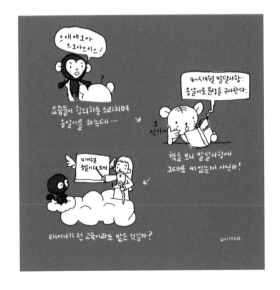

포켓몬고 20170216

2017.02.16

매일의 아침 20170216

임신 했을때까지만 해도
낮 12시까지 늦잠을 실컷 잤는데...

유찬이는 아침 8시만 되어도
눈을 떠버린다

이상한 느낌에 눈을 뜨면
이렇게 고개를 돌리고 날 빤히 보고있다.

설심히 꾹꾹이를 해주며
시작하는 매일 매일의 아침.

2017.02.16

새삼 감동 20170221

빗소리 20170222

숨 쉬나 확인 20170222

아기와 외출하고 돌아오면 20170225

깜빡깜빡 20170225

항상 (나름) 꼼꼼하다고
생각했던 나였는데…

요즘들어 부쩍… 하나씩 잊어버린다.

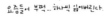

그래서 나와의 채팅방에
공지로 띄워놓았는데…

핸드폰을 깜빡하고 다니는..

다 챙겼다!
나가자!

2017o225

되집기한 날 20170226

데굴

데굴

데굴

따데굴

크..큰일이다..

2017o226

5개월 아기 손톱 깎을 때 20170310

요즘 (5개월 7일차) 손톱 깎을때

가만히 좀 있어라..

2017.03.10

아기띠에 기저귀 가방 20170323

아기띠도
가뜩이나 무거운데

기저귀가방까지
매고 있으면

어깨 탈골된
기분이다.

질질질...

2017.03.23

초기이유식 준비 20170323

범퍼침대 개시 20170324

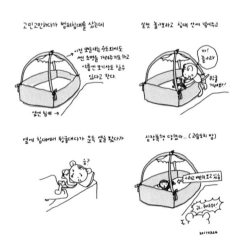

뿌웅 20170328

드디어 봄 20170330

젖병 볼 때 20170330

첫 이유식 먹이는 날 20170404

내가 아파도 넌 아는지 20170411

발을 쏙 20170413

드디어(?) 발을 입에 넣기 시작했다.

20170413

6개월 아기랑 놀다가 20170417

사랑해, 내 아가야 20170418

너무 귀여운 6개월 슉슉이 20170426

6개월 아가는 정말 너무너무 귀엽다!

방긋 방긋
눈만 마주쳐도 잘 웃고

부들 부들
손 잡아주면 일어서려하고

내가 안짓하고 있으면

포옥
이렇게 기대고 눈도 감는다!ㅋㅋ
기어와서 스윽 품에 안긴다

6개월만에 이렇게나 크다니 볼수록 신기하고 놀랍구나!

20170426

슉슉이의 밤잠에 대하여 20170426

밤잠에 대하여

슉슉이는 5개월까지 완모직수를 했고
6개월부터 혼합수유 분분으로 넘어갔다.

분유 먹으면 포만감
밤잠을 잘잠

슉슉이는 모유수유하는
5개월간 밤잠도 항상
2~3시간 마다 깸음

잠잘 손뼈가 거뭏다가 개셔
4개월부터 공갈젖꼭지
머미쿨 (무상기방지이불)로
4~5시간은 숙면을 취함

이제 잠 좀 나 했는데...!!!
기고 앉고 싶어서가 되면서부터
또 재우기가 힘들어졌다...

6개월에 접어들며
분유에 적응하고 밤수도 끊음

생각에
무거운 솜살
들어있음

휙
(자기도
모르게
깨는듯)

매일밤 미치
취함에
밥(백설탕)으로
먹임음

결론 아직도 재우기 힘들다. 20170426

자다가 봉변 20170504

20170504

아기와 함께한 첫 투표 20170509

아기와 함께한 첫 투표.
이래저래 설레고 떨리는구나.

20170509

커피가 필요해 <small>20170510</small>

팬티형 기저귀 <small>20170515</small>

요즘 하는 상상 20170515

요즘 하는 상상

팔만 벗어놓고 (?) 나가고 싶다

20170515

화장실도 못가겠네 20170520

이유식 전쟁 20170523

그렇다고 묻힐때마다 닦자니

물티슈가
산더미

반도
안먹겠는데

쓰레기가 너무 많이 나오고♪

그냥 냅두고 마지막에 씻기려고 보면

에미야 목욕을 시켜다오

위풍   당당

정말 못해먹겠다..ㅠㅠ

2017 05 23

우쿨렐레 실력 20170523

7개월째 우쿨렐레를 쳐주고 있는데

실력이 늘었다...!!?

← 그저
먹으려고 ♪

20170523

슉슉이가 일찍 자는 날 20170527

PM 7:50

잔다! ♪♂

슉슉이가 일찍 자는 날은

행복해! ♪♂

안마받을수가 없다.

나름진지

핸드폰 보면서 혼자노는게
이리도 달콤하다니..

못들은 척 하고싶다ㅠㅠ

20170527

점점 무서워지고 있다 20170827

그리고 이건 우연인지도 모르겠지만

점점 무서워지고 있다...

무거운 책임감 20170827

슉슉이의 첫니 20170831

꺼내줬더니

육아의 첫걸음 20170912

이제 수틀리면 승질을 부린다.

오로지 전진만 해야하는
게임이 시작된 것이다!

육아서적도 좀 보고, 더 많이
이해하고 사랑해줄수 있도록 노력해야지!

20170912

종합선물세트 20170914

11개월 아기 재우기 20170917

11개월 아기 재우기

1단계 : 불을 끈다.

딸깍

11개월 아기 재우기

2단계 : 누워서 가만히 있는다.

까르륵

... 무념무상

뒹굴

11개월 아기 재우기

3단계 : 알아서 잔다.

꼭 이런 자세로 잠듬

...

11개월 아기 재우기

4단계 : 감격한다.

알아서 자다니 너무 좋아!!

20170917

2차 영유아검진 20170919

2차 영유아검진을 하러 갔다.

키, 몸무게 잴 때부터 오열하고

누워서 키 재야해서 싫었던 듯..?

의사쌤 보자마자 더 크게 오열...

으애 애애 액!

꽉 잡고 안놓침

청진기 한번 대기도 힘든 정도였다.

...해치지 않아요

검진 후 독감주사까지 맞고 나니..

수지침

너 이제 컸다. 돌 지나면 주사 맞을거 엄청 많아!

내가 더 무서워졌다.

괜찮을까

사실 아직도 아기 주민등록번호 적으라하면 멍칫하는데..

이름 : 김슈슈
주민번호 : 161005- 4
그 다음 뭐더라..?

이 작은 아이의 보호자로서 잘 해갈 수 있을지 걱정이 된다.

꼬 옥

2017.09.19

청양고추 20170920

밖에서 걸음마 20170929

집에선 잘 걷다가도
바깥에 나가 신발만 신으면 얼음ㅇ

손 잡고 걷다가도 안아달라고 매달리고
아니면 땅바닥을 만지며 놀더니..

어느순간, 갑자기 제법 잘 걷기 시작했다.

어둠 속에서 그린다 20170930

이유식 먹이다가 상상 20171003

그래서 밥을 다 먹을때까지
자동리필이 되는거야...

밥을 다 먹고나면 알아서
세수도 시켜주지

...그런게 있을리가 없지^^

2017 10 03

슉슉이의 첫번째 생일 20171005

슉슉이의 돌잔치 20171014

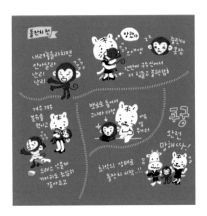

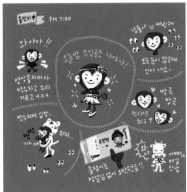

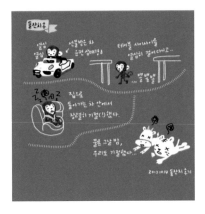

요즘 잘 때 20171015

유모차 끌면서 문 열기 20171117

애매한 문센 수업시간 20171118

요즘 문센(문화센터)을 목,금 이틀 연속으로 가는데 시간을 잘못잡아서 낮잠시간, 밥 먹는 시간이 애매하다๑

깨우긴 애매하고 푹 자면 점심이 애매하구나

길게 자면 11:00~2:00 까지도 잠๑

문센시간은 1:50 PM

낮잠패턴이 10:00~12:00 였던 때에 수강신청을 했던거라 이렇게 바뀔줄 미처 생각하지 못한 것이다..!!

1.5배속♡♡

그래도 문센수업 들어가면 너무너무 즐거워해서 안갈수가 없다..

역시 오길 잘했어

먹이기 힘들다 20171118

열심히 소고기된마토리조또랑
크래미계란말이를
만들어주었건만

그런 내맘 모르고
다 뱉어버리는 너…
(기번엔 잘 먹었는데 왜깨꼬)

맨밥 주니까
입을 쩍쩍 벌린다.
김숙숙 너어~♡♡

2017 1118

돌이 지나니 20171121

돌이 지나니 신기할 만큼 편해졌다.

망마!

일단 잘먹고 (물론 편식은 함ㅇ) 잘 자는게 넘 좋고!

말을 잘 알아듣게 되면서 애교쟁이가 되었다.

갑자기 두손 모으고
까웅딸하며 방긋 웃고

'배꼽손 인사하면
고개숙이며 방긋~

'슝슝이 잡는다~'
하면 까르르쿵대며
도망간다.

새 돌 지나면 둘째생각을 하는지 이해가 간다...

흐음...
혼자는
외로우려나

하지만
또 임신할생각하면
끔찍!! 또 낳고
모유수유하고!!!
이제 겨우 편해졌는데

안자고 끄적끄적 20171123

13개월 슉슉이 근황 20171119

81

왜 안자 20171204

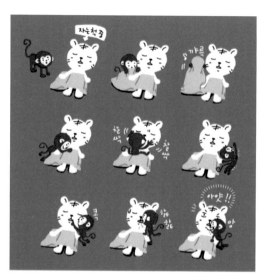

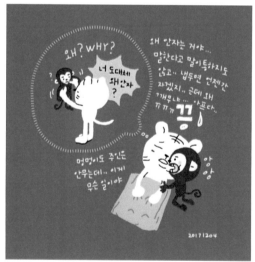

내가 프로라고 느껴지는 순간 20171208

심지어..

곱하면 그냥 손으로도 닦을수 있게 되었다..

20171208

배 빵빵 20171209

시간이 안가 20171213

새벽 4시 20171214

14개월 슝슝이의 새로운 스킬 20171216

흰 눈이 펑펑 20171218

맨날 손으로 먹음

(잠이덜깸)

아침을 먹인 뒤에

계속 잠이덜깬 상태

드르륵

후식으로 귤을 주려고 베란다로 갔다가

눈!!

창밖에 눈이 오는 것을 알아챘다
(어쩐지 어둡더라니;;)

밖에 눈이 펑펑 내리는데 좋지않니?

슉슉이는 잠시 관심을 가지다 말았고,
나는 한참동안 내리는 눈을 보았다.

2017.12.18

내가 행복하다고 느끼는 순간 20171218

투명까까 20171222

슉슉이의 헤어 스타일 20171224

2017.12.24. 14months

슉슉이는 머리숱이 적다.

헤어밴드를 안하면 종종 '아들' 소리를 듣는다.

오늘 아기 머리끈 주문한 게 와서 열심히 묶어보았으나...

헤어핀은 꽂아줘도 금세 떨어진다.

덜렁 덜렁

야... 잠깐 안...

내팽 개쳐짐...

영혼 탈탈 털림...

사과머리는 앞머리까지 끌어모아야 겨우 묶여서 대머리같아보이고...

양갈래 역시 금방 풀린다.

신호가 왔다 20171226

멜빵바지 20171229

아!

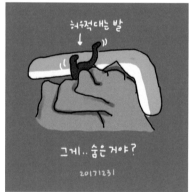

2018

너무 너무 귀여운 세 살

어떻게 이렇게 매일매일 귀여울 수가 있을까? 돌이 지나면서 점점 더 사랑스러워지는 슉슉이의 매력에 흠뻑 빠져들었다.

검은 머리 짐승은 거두지 말라더니, 이거 거둘만 한데?

날이 갈수록 늘어나는 말만큼 애교도 늘어나서 나는 점점 '딸바보' 그 자체가 되었다.

짧은 종아리와 삐쭉 튀어나온 아기 새 부리 같은 입술, 방긋방긋 웃어주는 미소 한방이면 세상 그 무엇도 부러울 게 없었다.

내가 널 낳았다니!

보면서도 믿기지 않았다.

생선 굽기 20180102

슉슉이의 발을 만지면 20180104

깜짝이야 20180106

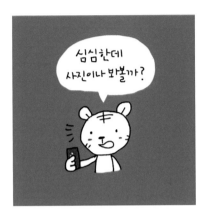

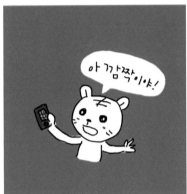

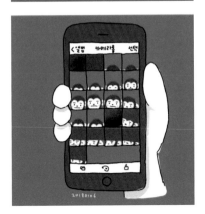

무한 리필 20180107

실리콘 턱받이는
음식을 먹다가 흘려도

요 안에 음식이
차곡차곡 쌓인다 →

그 음식물이 고기종류일때
└ex 한우 ,고등어..

다시 펴서   먹인다..

그러다 또 흘려도

무한
리필(..)

다시 펴서   먹인다..

분명 똑바로 눕혔는데 20180108

15개월 숙숙이의 생활패턴 ₂₀₁₈₀₁₁₀

문센 가는 길 ₂₀₁₈₀₁₁₁

고래고래 20180111

못볼 걸 본 느낌 20180112

컵을 주면 20180113

108

아직은 각도계산이 안되나보다.

잘 못마시니 사레도 들고
(그래서 딸꾹질할때 이 방법쓰면 멈춤ㅋㅋ)

켈룩
켈룩

가끔은 일부러 쏟는다.

지금을 소중히 여기기 20180114

대학생 되니 편하긴 커녕
진로에 대한 고민

아..
이 길은
아닌거
같은데..

전공 중국어

취직을 하고나니 잦은 야근과
박봉에 대한 회의감

계속 이렇게
살아야 할까

새벽
퇴근길
택시 안

야경은 참
예쁘군..

결혼하고 애를 낳고보니
끝없는 집안일과 육아고민이..

에휴
음식물이
어디까지
튄거야

삶을 살아가면서 마주치는
그때 그때의 고민들..

시간이
지나고 보니
아무것도
아니었던
것처럼
희석되어버렸네.

분명
그때는
너무나
힘들었는데..

먼 훗날, 나는 지금을 회상하며
또 그리워할지도 모른다.

그래도
이때가
행복했어

그러니 지금의 일상들을
소중히 여기고 행복히 누려야겠지.

아웅
귀여워

ㄹㄹ

20180114

죄책감 20180115

설거지 하는데 자꾸 매달리면

할 수 없이 TV를 틀어준다.

엄마 설거지하는
동안만 이거 보고있어~

그러나 설거지가 끝나면 급 밀려오는 피로감

애고 피곤해..
잠깐만 쉬자..

그리고 계속 누리고 싶은 휴식의 달콤함

결국 두 시간 뒤 자각!

말못할 죄책감에 사로잡힌다..

잠든 애랑 카페 갔을 때 20180115

스도쿠에 빠지다 20180116

매일 밤마다 테이핑하기 20180117

밥 안해놓은 날 20180119

그래서 급하게 메뉴를 변경했다.

이제부터 인내력 싸움이 시작된다.

마음을 다스리니 좀 나은것 같다

매일 하는 고민 20180119

모든 사람들이 매일 하는 고민

엄마가 된후 매일 하는 고민

동생 보는 자세 20180121

요즘 자주하는 자세.

동생 생기려나보네

히익 엄마 무슨소리 하는거야..

..인터넷 검색을 해보았다.

고전미신(?) 같은 느낌.

근데 요즘 그 세가지 다하는데(..)

2018이121

각자의 길 20180121

모두가 각자의 길을 걷는다.

그 길이 어디까지 이어져있는지
아는 사람은 아무도 없다.

그 길은 종종 다른 길과 마주친다.

함께 걷다가도, 또 이내 헤어지기도 한다.

이러한 짧거나 긴 인연들을
계속 마주치며, 나는 살아간다.

길건 짧건 그 수많은 인연들과의 만남,
그것은 정말 소중한 기억이 된다.

하물며 이제 나는 새로운 길을 걸을
생명체를 하나 탄생시켰다.

이 아이도 자라면서 만날 소중한
인연들에게 감사함을 느낄수 있기를 바란다.

2018 0121

매직보드 20180122

슉슉이보다 내가 더 좋아하는 장난감.

덕분에 종종 이런 장면이 연출된다.

쓰고 지우고 쓰고 지우고...
어렸을 때 이후로 다시 접하니 재미있다.

슉슉이 태교인형 20180127

임신했을때 열심히 만든
슉슉이 태교인형.

눈 코는 단추

눈썹과 입은
본드느낌

코리는 리본실 이어리에서
가는 실끈 만들어줌

(도안도 없이 만들어서 몹시 엉성하게 애려)

신생아때 잠깐 옆에 놔둔 이후로
묵혀뒀있다가 간만에 다시 만나볼게 했다.

?

안녕~ 난 슉슉이야

그녀의 반응.

시허린 애미야

스파이크

청풍덕

2018.1.17 한

숙숙이가 변했다 20180129

숙숙이가 변한 이유 20180130

재접근기 20180131

이 또한 지나가리라...

자다가도 내가 없으면 금방 깨버리네..

힘든 시기란 걸 알았지만
안다고 덜 힘들어지지는 않는구나..
이 또한 지나간다해도 지나가기까진
혼전일. 내가 다 감내해야한다.

토끼 모양 캐릭터밥 20180201

말이 는다 20180204

나갈 준비를 하면 20180204

16개월 숙숙이의 개인기 20180205

만화주제가 20180206

오전 10시 20180207

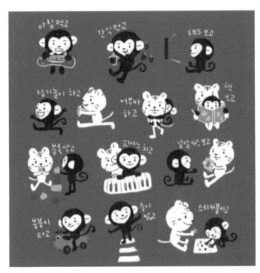

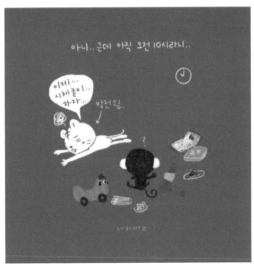

내 애만 보여 20180208

애 재우고 드라마 보기 20180209

낮잠 재우기는 어려워 20180210

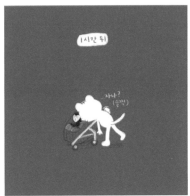

슉슉이는 태몽이 없다 20180211

코코코코 20180212

파파라치 이모 20180213

심리전 20180214

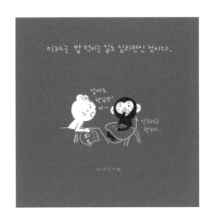

어쩌면 그때 엄마는 20180215

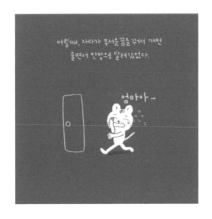

그리고 TV보는 엄마의 무릎을 베고 누워서
엄마가 부드럽게 쓰다듬어주는 머리의 감촉을 느끼며
편안하게 다시 잠이 들곤 했었다.

그런데 엄마가 되어보고 나니 드는 생각.
어쩌면 그때 엄마는...

진짜일지도..

슉슉이의 재롱 보여주기 20180217

일관성 20180218

이 일관성이란 보기에는 간단하지만
사실 너무나도 어렵다.

아이가 클수록 관념적이고 추상적인 부분까지
일관성을 유지해야 한다. 점점 표리 표면적일지 흐릿해진다는 것이다.
이를테면 이런 것,

멍마! 아빠는
왜 치카치카하고
자기전에
뭐 먹어?

1~2년 뒤면 정말
이렇게 따질지도
모른다. ㅎㅎ

'부모가 아이의 모범이 되어야 한다.'
이 말은 정말 옳은 말인데..
이제 그 부모의 입장이 되니 좀 무섭다.

자, 여기 또 올라가요!

저...지금도
충분히
무거운데요..

시간이 갈수록 책임감이 무거워지는구나.
어렵다, 어려워!!

16개월 슉슉이의 요거트 먹는 법 20180219

뒤로 내려오기 | 20180220

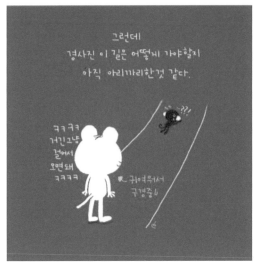

주부습진 20180221

어머님께서 주신 사골국 20180222

말귀를 알아듣는다 20180223

대체 왜 20180224

대물림 20180225

엄마 다리 위에 앉으러 오는 중 20180226

몰라도 되는 불편한 진실 20180226

유모차 끌며 쫓아다니기 20180227

화내는 것도 따라해 20180228

설거지를 편하게 하는 방법 20180302

두번째 방법

아예 설거지에 참여시킨다.

밑에 식탁의자로 받쳐주면
물장난하기 딱 좋은 세팅이 완성된다

설거지가 끝나면 옷 갈아입히는 건 필수이지만,
즐거운 시간이 되었으니 만족한다.

일부러지 20180303

한두세살의 기억 20180304

내가 할거야 20180305

어린이집 고민 20180306

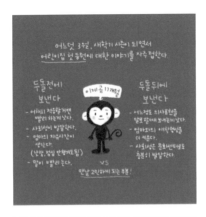

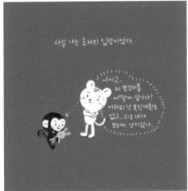

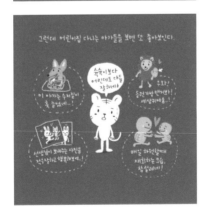

갑작스런 슉슉이의 고열 20180307

손톱 한번 깎으려면 20180308

심장소리 20180309

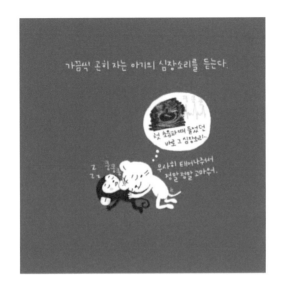

석촌호수 산책 20180310

살금살금 20180311

아기가 아플 때 나와의 채팅방 20180311

감기에 걸린 슉슉이 \,20180312

딸꾹질 20180313

이러면 숙숙이는 깔딱대며 웃다가
꼭 딸꾹질을 시작한다.

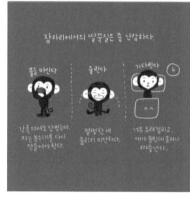

잠자리에서의 딸꾹질은 좀 난감하다.

물을 마신다

물린다

기다린다

간혹 마셔도 안먹는다.
자는 분위기를 다시
만들어야한다.

멀쩡한 애
물리기 미안하다.

너무 오래걸리고,
애가 물린데 홈자서
짜증낸다.

내가 오늘 쓴 방법은 두번째였다.

안고 있는다

계속 안고있는다

운다ㅎ

으앙
(낮잠)

그래도 안고있던걸 들어주면 울음도 바로 그치고,
딸꾹질도 바로 멈춰서 효과는 좋다ㅎ
(물론 제일 좋은것은 애초에 안하는 것…ㅠ)

봄 20180314

손톱 잘라줘야겠구나 20180315

슉슉이와 핸드폰 20180316

그리고 이젠... 컨텐츠를 즐긴다..

그리고.. 자꾸 아무한테나 전화를 건다

아무튼 그러찬 이유로,
애 자는시간 아니면 아예 핸드폰을 압보게 되었다.

17개월 슉슉이가 할 수 있는 말 20180317

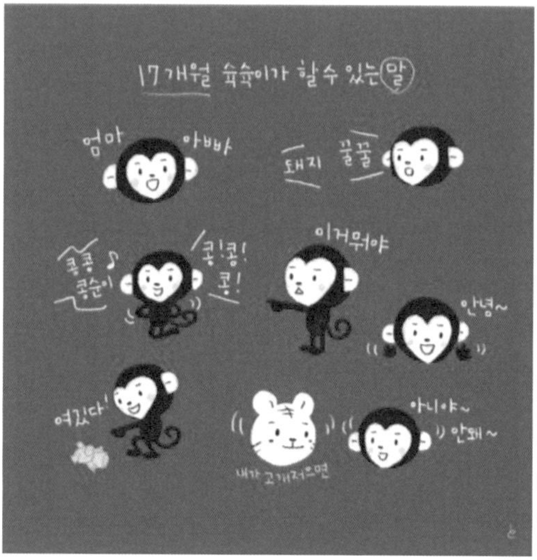

이상한 날 20180318

진짜 내 모습 20180319

어른 20180320

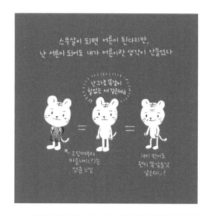

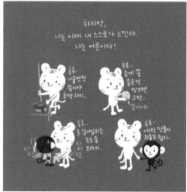

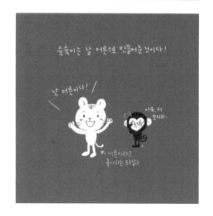

둘째 계획 20180321

그리고 오빠랩되는 예전에 내가 엄마에게 했던 말

그리고 먹이고, 씻기고, 재우기의
고단함도 두배가 되겠지..

그래도 지금으로선 알 수 없는 그 어떤 행복감도
분명 두배가 되어, 날 찾아오겠지.

문득 20180322

195

일부러 넘어진 척 20180324

아기 피부 20180325

아빠 어딨어? 20180326

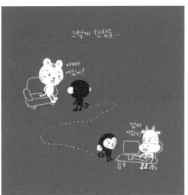

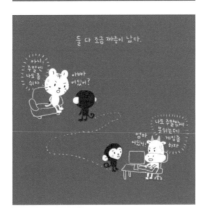

미세먼지 심한 날 20180327

슉슉이의 첫 잠꼬대 20180329

해마수면인형 20180330

엄마의 사회성 20180331

이앓이 20180401

엄마 필터 20180402

슉슉이와 걷다보면 20180403

애호박 귀신 20180404

배꼽 어딨어? 20180405

배꼽손인사 20180406

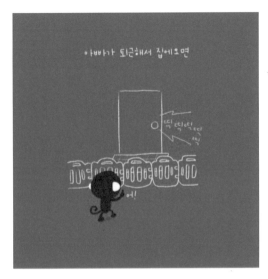

같이 셀카 찍기 20180407

'춥겠다' 20180409

트니트니 수업 20180412

18개월 슉슉이의 '거절' 20180413

아기랑 지하철 타기 20180414

애착팔꿈치 20180423

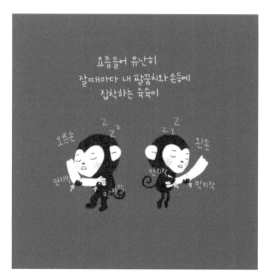

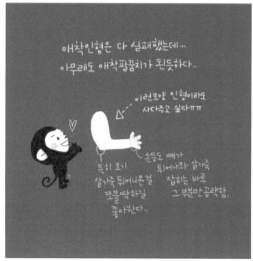

슉슉이가 아프다 20180423

팔꿈치 집착 20180425

심해지는 감기 20180427

약 먹인 후 20180428

기저귀 갈기 눈치게임 20180429

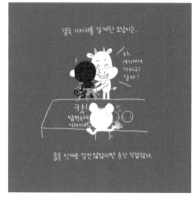

친정집은 사랑입니다 20180430

친정엄마와의 대화 20180501

감기가 안낫는다 20180503

숙숙이의 동물소리 내기 20180507

애가 잠든 유모차를 밀다가 20180508

매일 밤 재우며 하는 생각 20180509

벨루가와의 만남 20180510

아쿠아리움 연간회원권을 끊고
일주일에 두번씩 가도
1:1로 마주치긴 어려운 벨루가와의 만남

덩치 큰 흰고래지만
정말 귀염상이다!

오늘,
그 어려운 걸 해냈지 말입니다!

뭔가 흐뭇한 광경♡

인형 돌보기 20180511

장난감 미끄럼틀 20180512

정작 많이 찍어둬야 하는 건 20180514

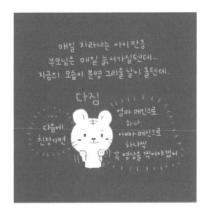

자기 전 말하기 연습 20180514

먼저 선수 치기 <small>20180515</small>

우산 쓰고 가기 20180517

육퇴 후 책을 읽다가 20180518

부를 수 있는 노래 20180601

음므아아아 20180602

쿨매트 개시 20180603

잠 잘 때 자세 20180604

안먹? 20180606

⟨어머니의 마음⟩ 가사 <small>20180607</small>

말 하기 시작 20180608

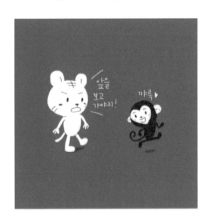

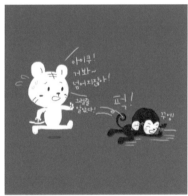

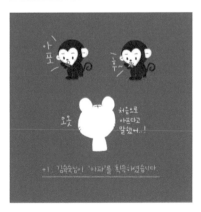

안보인다 애미야 <small>20180609</small>

봉인해제 20180610

도마뱀 20180611

267

사과머리 20180612

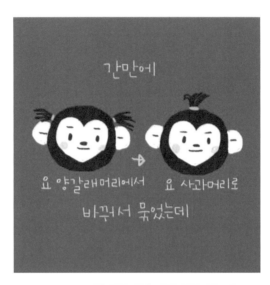

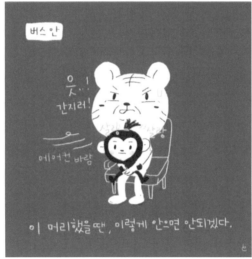

쉬하는 소리 <small>20180613</small>

기저귀를 차고있어도

가끔 쉬하는 소리가
너무 선명하게 들린다.

혹시 샜건가 싶어서 안겨보면
몹시 뜨끈뜨끈하다.

요즘 목욕패턴 20180614

① 먼저 아기욕조에 물을 받는다.

② 도망가 숨은 슉슉이를 잡아온다.

③ 씻긴다.

④ 자유시간

⑤ 함께 욕조청소(?)

⑥ 물기 닦고 크림바르고
기저귀 입고 내복 입으면 끝!

속도 조절 ₂₀₁₈₀₆₁₅

속도 조절 20180615

그래서 달려올때마다
조금 무섭다.

계란말이 김밥 20180616

유령유모차 20180617

징징징 20180619

자꾸 같이 잠든다 20180621

오후 5시의 놀이터 20180622

오후 5시, 산책 겸 나갔다가
안가본 놀이터에 들어가게 되었다.

←놀이터

가까?
가까?

그곳은 이미
어린이집&유치원 하원한
아이들로 붐비고 있었다.

시끌

시끌

당연히 언니오빠들의 흐름에
낄 수 없는 숙이는 고반히 주변에서 놀다가

그들은 빠르고
안 빠르다..

넘어지고

자전거에 살짝 치이고

으아악
고다워 점...

심지어
어떤 애는 일부러
땅에 낙서하는 숙이의 손을
킥보드 바퀴로 밟으려 했다

약 반도
19세고치

멍멍멍 20180623

밥 안먹을 때 나만의 팁 20180624

밥 먹이기 놀이 20180626

또 감기에 걸렸다 20180628

그리고 약 타러간 약국에서
약사선생님께 무시무시한 이야기를 들었다.

아!
요즘 구내염,
수족구
유행인거
아시죠?

초기증상이
감기랑
비슷하니까
잘 지켜봐야
해요!

☆ 구내염: 입안에 염증이 생김
☆ 수족구 : 손,발,입에 수포화 4~8mm 궤양이 나타남

.. 그냥 가벼운 초기감기로 끝이 나기를.

약먹자!

< 약 먹이기 전쟁 다시 시작 >

낙서왕 김숙숙 20180630

고속도로 워터파크 20180702

눈 감은 모습 20180704

비둘기떼 20180706

슝슝이의 까까먹는 법 20180709

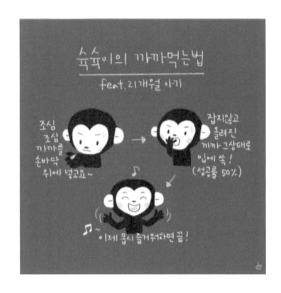

너 때문에 20180710

자기주장이 생기다 20180711

내 아이의 세대 20180713

만석 엘리베이터 20180714

피곤하게 해서 재우려다가 20180717

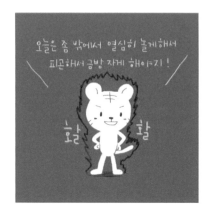

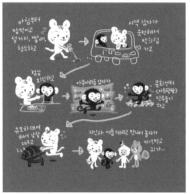

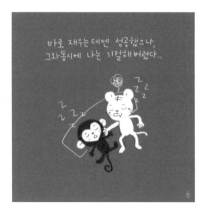

양치하고 물 뱉는 방법 20180718

깔깔대는 슝슝이에게
몇번 더 보여준 뒤 물을 주고 시켜본다.

새워기물이 너무
세지않게 손으로 받쳐
약하게 흘르게해서
준다음

퉤!
잘흐르륵

퉤!하면
이렇게 뱉는다.
(물론 그냥 삼키기도함)
"인내심이필요"

아니면 다른 방법 하나 더!

이렇게 물을 머금은 볼을 손으로 꾸욱
눌러서 뱉는걸 여러번 보여주면
따라하다가 뱉는다..!

다행히 슝슝이는 치카치카를
재미있어 하고 물 뱉기도 좋아하게 되었다.

꺄 ♥

HAPPY ENDING

좋을 때대네 20180719

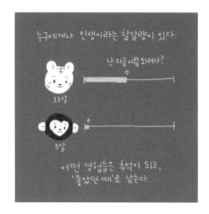

잡기놀이 20180721

친정으로 20180723

머리 묶기 팁 20180724